Anonymus

Der falsche Mord

Ein Schauspiel in 3 Aufzügen

Anonymus

Der falsche Mord
Ein Schauspiel in 3 Aufzügen
ISBN/EAN: 9783743327627

Hergestellt in Europa, USA, Kanada, Australien, Japan

Cover: Foto ©Andreas Hilbeck / pixelio.de

Manufactured and distributed by brebook publishing software (www.brebook.com)

Anonymus

Der falsche Mord

Der falsche Mord

ein
Schauspiel in drey Aufzügen.

Erfurt
bey Georg Adam Keyser
1778.

Personen:

Robert Sternfeld.

Frau Sternfeld, seine Stiefmutter.

Johann, ihr Bedienter.

Herr West, ein Kaufmann.

Christoph, sein Bedienter.

Julie West.

Caroline, ihre Gespielin.

Hannchen, Mädchen der Frau Sternfeld.

Ein Gerichtskommissarius mit Wache.

Ein Gerichtsdiener.

Vier Träger.

Die Handlung geschieht in einer Stadt in Chursachsen, eine Poststation von Dresden.

Erster Aufzug.

Erster Auftritt.

(Es ist Morgen. Das Theater stellt eine Straße vor; auf der einen Seite im Vorgrunde ein Gasthof; auf der andern in der Mitte ein schlechtes Haus, wo Julie und Caroline wohnen. Gegen über Robert Sternfelds Wohnung.)

Johann. hernach Caroline.

Johann.

(kömmt eilig) Verzweifelter Streich! daß ich mich von der Frau so habe ins Netz jagen lassen! Der alte Sternfeld ist schon vor sechs Stunden gestorben, und ich soll doch seinem Sohn weiß machen, daß er ihn zu sprechen verlangt. Da muß mehr dahinter stecken, als sie mir gesagt hat — eine Sache von Wichtigkeit! und es ist eine Frau von Unternehmung; ein toller unbesonnener Kopf, der alles wagt.

wagt. Für die liebe langeweile verſichert ſie ſich meiner Verſchwiegenheit durch ein Verſprechen von 2000 Thalern gewiß nicht. Ey nun; da ich nicht weiß, wo es hinaus ſoll, ſo kann ich ja wohl das ausrichten, was ſie mir befohlen hat. Aber ich ruhe und raſte nicht eher; ſie muß mir das ganze Geheimniß entdecken, ſo bald ich nach Hauſe komme; ſonſt drohe ich ihr alles zu verrathen. — Robert ſoll in dieſer Straſſe wohnen. Ja, aber wo? Ich muß ſehen, daß ich jemanden finde, der mich zurecht weißt. (Er klopft an Juliens und Carolinens Hausthüre an) Holla!

Caroline.
(Kömmt heraus.)

Johann.
Um Vergebung! ich ſuche einen gewiſſen Herrn, Sternfeld. Sie wiſſen vielleicht; ich meyne den Sohn des alten reichen Kaufmanns, Anton Sternfeld, der ſeinen Handel aufgegeben, und ſich in Ruhe geſetzt hat. Können ſie mir nicht ſagen, wo er wohnt?

Caroline.
Dort, gleich gegen über; in jenem Hauße. (auf die Seite) Von Roberts Vater?

Jo=

Johann.

Sie kennen vermuthlich den jungen Sternfeld. Es ist sonst ein ganz artiger junger Mann. Gelehrt, und ein Philosoph; so einer von den zärtlichen, verliebten Philosophen, die so gern für sich sind, und denen alles auf der Welt bis auf ihre Mädchen, Bücher und Phantasien, gleichgültig ist. — Jetzt wirds ihm freylich ein bischen knapp gehen; sein Vater hat ihn verstoßen. Aber er ist auch selbst schuld daran. Er machte sich an ein Mädchen —

Caroline. (für sich)

Gott! —

Johann.

Doch — was geht das mich und Sie an. Ich vergesse, daß ich keine Zeit zu verlieren habe. Ich bin ihnen recht sehr verbunden, mein schönes Frauenzimmer. (er geht in Sternfelds Wohnung)

Zweyter Auftritt.

Caroline allein.

Mehr als du glaubst, ehrlicher Mensch! Wie? um meinetwillen lebt er in dieser Armuth! um mei-

netwillen

netwillen aus seines Vaters Hause verbannt? Gütiger Himmel! Dieser Gedanke fehlte noch zur Vergrösserung meines Elends! Bin ich nicht ein armes verachtetes Geschöpf! Ein Spiel des blinden Zufalls, der stürzt und empor hebt und wieder stürzt! — Erste Jahre meiner Kindheit; ihr seyd vielleicht die einzigen glücklichen meines ganzen Lebens! Meine Eltern starben, aus Gram über den Verlust ihres Vermögens, das in der Belagerung von Flammen verzehrt wurde! — Meine Freundin, die mich aufnahm, bringt mich hieher; der glückliche Robert sieht und liebt mich; und ich werde die Ursache seines Unglücks! — Aber Gott! du weißt es, daß ich unschuldig bin! — Daß ich sein Herz gewann und er das meinige, ist dein Werk — Dies Herz, diese Bildung, die du mir und ihm gabst, diese Sympathie die in uns lebt, dieser Weg, den du mich geführet hast, alles ist dein Werk! — Mißbrauch diner Geschenke? — wie sollt' ich mich vor dir vertheidigen! du weißt ja selbst am besten, ob ich strafbar bin. — Doch mit Freuden geb' ich das Gefundene wieder hin, wenn es in meinen Händen, und eben darum, weil ich es besitze, verderben soll.

Drit

Dritter Auftritt.
Caroline. Robert. Johann.

Johann.

(im Abgehen zu Robert) Halten Sie sich aber nur nicht lange auf. Längstens in einer Viertelstunde müssen Sie da seyn.

Robert.

Schon gut; ich komme den Augenblick nach. (er erblickt Carolinen und seufzt) Theureste Caroline! —

Caroline.

Sie sind so unruhig, Robert, darf ich ihr Geheimniß wissen?

Robert.

Geheimniß? hab' ich welche, die Sie nicht errathen sollten? Sie wissen ja schon, daß es keine andern sind, als Armuth und Elend. — Mein Vater liegt am Tode. Ich erfuhr es gestern Abends von seinem Arzte, und machte einigemal Versuche zu ihm zu kommen. Ich gieng diese Nacht vor sein Haus, um eine Gelegenheit abzuwarten, hinein zu kommen. Aber vergebens. Meine Gegenwart wurde verrathen. Meine Stiefmutter kam ans Fenster und erhob einen Lerm, daß alle Nachbarn davon aufgeweckt wurden und ans Fenster fuhren. Die Wache eilte herbey, und um kein Aufsehen zu machen, eilte ich unverrichteter Sache davon. Jetzt erhalte ich Nachricht, daß ich zu ihm kommen soll, weil er mich noch vor seinem Ende zu sprechen wünscht.

Caroline.

Vielleicht bereut er ihre Verstoßung, wozu er sich durch ihre tyrannische Stiefmutter bereden ließ; vielleicht erkennt er ihren schändlichen Eigennutz und das Ihnen angethane Unrecht, und setzt Sie wieder in die verlohrnen Rechte seines Sohnes ein. O Gott! wenn diese Hofnung gegründet wäre, auf meinen Knien will ich dir danken!

Robert.

Umsonst schmeicheln Sie sich mit einer Hofnung, die ihr zärtliches Herz in Ihnen erweckt. — Diese Ahndung, die ich in diesem Augenblick empfinde — Gott! was bin ich für ein elender Mensch! Der Plan meines zukünftigen Lebens, den ich in meinen glücklichen Tagen entwarf, ist zerstört; alle die reizenden Aussichten, denen ich so nahe zu seyn glaubte, verschwinden — vielleicht ohne Rückkehr aus meinem Gesichte; mein Herz, das zur Freude geschaffen war, wird von dem Gedanken, daß ich nimmer wieder froh werden soll, zerrissen! — Du allein noch hebst meine Seele, wenn sie unter ihren Leiden versinken will, empor; du allein nur. du unter allen Menschen noch die einzige edle Seele, hast mit meinem Schicksale Mitleiden, und verschmähst die Hand nicht, die ich dir in glücklichen Tagen anbot. (er küßt ihre Hand) O Zärtlichkeit voller Großmuth! Ja du verdienst das größte Glück, dessen ein Mensch fähig ist.

Caroline.

Robert! stillen Sie diese heftige Bewegung! Kommen Sie zu sich. Es steht blos bey Ihnen, sich aus ihrem jetzigen Elende zu reissen. Der Bediente, der sie eben abrief, ließ einige Worte fallen, die mich mehr als nur vermuthen liessen, daß ihre Liebe zu mir, schuld an ihrem Verderben ist. Vernichten Sie in mir diesen marternden entehrenden Gedanken, daß ich die Ursache ihres Unglücks bin.

Robert.

Caroline!

Caroline

Sie müssen es gewußt haben, und hätten mir es nicht verhehlen sollen. (mit Betrübniß) Gehen Sie hin zu ihrem Vater, sagen Sie ihm, daß Sie ihrer Liebe entsagt. Sie sind sich dieses selbst schuldig. Diese Erklärung setzt sie wieder in ihren vorigen glücklichen Zustand. Ich bin mein Elend gewohnt, was wollen Sie ihr Glück in ihren besten Jahren einem Geschöpf aufopfern, das nichts als das liebe Leben hat, das ihr Elend nur verdoppeln würde!

Robert.

Halten Sie ein, Caroline, und zerschneiden Sie den Faden nicht, an dem meine letzte Hofnung hängt. Nichts achte ich den Verlust aller Güter gegen den einzigen ihrer Liebe. — Glauben Sie es nicht, Sie sind nicht die Ursache meiner Verstoßung! Meine grausame Stiefmutter brauchte meine Liebe blos zum Vorwande, einen Menschen zu entfernen, der ihrer habsüchtigen Absicht, sich des Vermögens ihres Mannes zu versichern, im Wege stand. — Wie? Sie

Sie mein Elend verdoppeln! Nein Caroline, nein; in ihren Armen wird die Liebe die ganze Last herab werfen, die mich jetzt zu Boden drückt; ihr erster ehelicher Kuß wird das Gedächtniß aller meiner vorigen Leiden in eine ewige Vergessenheit senken.

Caroline.

Robert, Sie täuschen sich selbst. Ihr Geist ist in einer andern Welt; nicht in dieser, wo die Freuden ohne Dauer sind, wo einer zu schnell entschlossenen That die Reue auf dem Fuße nachfolgt; wo sich die Erinnerung unserer vorigen Leiden wieder einstellt, sobald der erste Taumel des Vergnügens vorüber ist.

Robert.

Wie können Sie so grausam seyn, Caroline! mir meine letzte, jetzt nur eingebildete Glückseligkeit zu rauben! — Sie soll also immer nur ein Spiel meiner Einbildungskraft bleiben, nie zur Wirklichkeit kommen. — Ich Elender! ein solcher Zustand, und ein solcher Wunsch! — Ich will mich durch den Besitz eines Herzens glücklich machen, das durch den Besitz des meinigen unglücklich wird! Nein Caroline, Sie sind eines bessern Looses würdig;

dig; ich will Sie nicht unglücklich machen. Nichts soll mir hinfort übrig bleiben, als das Andenken, daß Sie mich liebten. — Jetzt thue ich einen Gang, der mein Schicksal entscheiden soll. Glücklich oder unglücklich — ich komme wieder zurück, entweder um ewig mit Ihnen zu leben, oder mich auf ewig von Ihnen zu entfernen. (ab)

Vierter Auftritt.

Caroline. Julie. (die im Herausgehen den abgehenden Robert noch gewahr wird)

Caroline.

Gott! was wird aus ihm werden! — Nein, und wenn alle Welt ungerecht gegen ihn wäre, so wird doch der Himmel gerecht seyn. (Christoph kömmt aus dem Gasthofe und geht nach der andern Strasse ab)

Julie.

Was giebts, liebe Caroline? Robert gieng eben vorüber. Er schien sehr bewegt zu seyn.

Caroline.

Ein Bote hat ihm Nachricht gebracht, daß sein kranker Vater seinem Ende nahe sey, und ihn noch einmal zu sprechen verlange. O Gott! wie zerrüttet sind meine Sinne! durch den Tod meiner Eltern! bin ich sehr, sehr unglücklich geworden. Alle meine Hofnungen nahmen sie mit ins Grab; und dennoch, so hart auch mein Schicksal ist, so hat es doch mein Herz nicht so taub gemacht, daß ich nicht die ganze zweifelhafte Lage empfinden sollte, worinn ich mich in diesem Augenblick befinde.

Julie.

Ich weiß nicht, Caroline, wer von uns beyden sich mehr zu beklagen hat. In den Armen eines zärtlichen Gatten machte mich die Liebe glücklich. Aber wie bald verschwanden diese glücklichen Augenblicke! Kaum ein Jahr in der glücklichsten Ehe, geräth unser Handel in Verfall, er will seinen Kredit erhalten, nimmt den kleinen Rest seines Vermögens, reißt sich aus meinen Armen, um in Ostindien sein Glück zu versuchen. — Doch was wiederhole ich diese traurige Erzehlung. —. Seit den sechs Jahren seiner Abwesenheit, Gott, wie wurden mir die Stun-

Stunden zu Jahren! — Diese Zeit, nach deren Verflieſſung er mich ſeine Zurückkunft hoffen ließ, iſt nun vorüber, und anſtatt einen glücklichen geliebten Gemahl wieder zu umarmen, ſchlägt mich die Nachricht des Schiffbruchs, worinn er Leben und Güter verlohr, zu Boden! — (ſie weint) Nein, das kannſt du nicht fühlen, was ich empfinde! — Weit, weit heftiger peiniget der Verluſt einer kurzen Zeit genoſſenen Glückſeligkeit, als das ungewiſſe zweifelhafte Gefühl verlohrner Hofnungen!

Caroline.

Ich fühle den ganzen Umfang deines Elends, da ich ſelbſt unglücklich bin. Aber auch Du mußt es fühlen, wie ſchwer es einem liebenden Herzen wird, Hofnungen aufzugeben! Mir iſt dieſe Hofnung wie die Dämmerung des Morgens; der Uebergang aus der Finſterniß ins helle Licht des Tages! Wie glücklich wär' ich, wenn ich dieſe Hofnung nicht kennte! Meines Unglücks und meiner Niedrigkeit gewohnt, machte ich keine Anſprüche auf einen glücklichen Ausgang meines Schickſals. Aber du biſt allein Urſache an der Veränderung meines Herzens, nnd meine jetzigen Leiden empfänd ich nicht, wenn du nicht wäreſt!

Ju=

Julie.

Deine Leidenschaft bringt dich zu Vorwürfen, von welchen ich nicht weiß, wie ich sie verdiene. Wie sollte ich schuld daran seyn, daß es deinem Herzen nicht nach Wunsch geht? Du weißt, wie sehr ich dich liebe; und daß du seit unserer zarten Jugend die einzige bist, mit der ich, so wie meine traurigen Tage, auch meine freudigen theilen würde, wenn mir sie der Himmel vergönnt hätte.

Caroline.

Meinem Schicksale hätteſt du mich überlaſſen, mich nicht in deine Wohnung aufnehmen ſollen! — Die Verwechſelung unſerer Vaterſtadt Dresden mit unſerm jetzigen Aufenthalt —

Julie.

Nun ſo bin ich wenigſtens eine ſehr unſchuldige Urſache deines Schmerzes! — Nicht um dir eine Wohlthat zu erzeigen, nahm ich dich in mein Haus. Unſer Herz war von Jugend auf ſo ſehr einerley; durch freundſchaftlichen Umgang konnten wir unſere Einſamkeit verſüſſen, und durch die vereinigte Arbeit unſerer Hände uns vor den Mangel ſichern, dein dem wir ausserdem, ohne Vermögen und Freunde, hätten ausgesetzt werden müssen. Die Veränderung meines Aufenthalts schien mir nothwendig; ich verkaufte mein Haus und zog hieher, um meinen gefallenen Zustand vor den neugierigen Blicken meiner Bekannten zu verbergen, und mich einer Lebensart ohne Hinderniß zu unterziehen, die dort zu allerhand Spöttereyen Anlaß gegeben haben würde.

Caroline.

Vergieb mir, wenn ich dir Vorwürfe machte, die du nicht verdienteſt. — Aber es iſt ein Wunder, wenn ich nicht alle Faſſung verliehre. Denn höre nur; ich, ich ſoll die Urſache von Roberts Verſtoſſung ſeyn, ich — Gott dieſer Gedanke iſt mir ſchrecklicher als der Verluſt eines geliebten zärtlichen Freundes.

Julie.

Wie? iſts möglich? erkläre dich deutlicher.

Caroline.

Ja, der Bediente ſeines Vaters ließ einige Worte fallen, die mir keinen Zweifel deßwegen übrig laſſen. Aber ich habe Robert gebeten, ſeinem Vaſter

ter zu Füssen zu fallen; ihn beschworen, meiner Liebe zu entsagen, und wieder in seinen vorigen glücklichen Zustand zurückzukehren.

Julie.

Caroline, du machst, daß ich zittere!

Caroline.

Aber nichts konnte ihn bewegen; — O, mit welchem Gefühl, mit welcher Innigkeit entdeckte er das Verlangen, mich zu besitzen! Die Leiden seiner Seele waren über sein ganzes Wesen ausgegossen. — Zuletzt that er einen Blick in seinen Zustand. Nein, sprach er, Caroline, nein, sie sind eines bessern Looses würdig; ich will sie nicht unglücklich machen. Der Gang, den ich jetzt thue, setzte er hinzu, muß mein Schicksal entscheiden, und ich komme wieder zurück, entweder um ewig mit ihnen zu leben, oder mich auf ewig von ihnen zu entfernen. — Aber wenn mein Unglück gewiß ist, — und in kurzer Zeit wird sichs ausweisen — dann wird mich nichts auf der Welt, auch deine Liebe nicht aufhalten, einen Ort zu verlassen, der mich beständig an meine verlohrne Ruhe erinnert.

Julie.

Du, du solltest mich, deine beste Freundin verlassen können? Nein, wiederrufe diesen schrecklichen Ausspruch! Du bist nicht schuld an Roberts Verstoßung! Dein Wandel war rein und unschuldig; seine Liebe entstand in seinem Herzen, ohne List, ohne Verrätherey; sie ist das Kind deiner Unschuld und deines guten Herzens. — Nichts als ein Vorwand seiner Stiefmutter, die ihn unglücklich zu machen sucht.

Caroline.

Schon dieser Vorwand entehret mich. Genug, man wills so, er soll mich nicht lieben. Ich muß diesen Vorwand zu vernichten suchen. Vielleicht, wenn dieser gehoben ist, findet sie dann keinen mehr, und Robert wird wieder glücklich. Aber noch will ich seine Zurückkunft erwarten.

Julie.

Komm, und beruhige dein Herz! — Du bist noch nicht so unglücklich wie ich. Du hast noch Hofnung; aber ich, ich habe alles verlohren.

(sie gehen ab)

Fünfter Auftritt.

Chriſtoph. (kommt zurück)

Nun, Gott Lob! bis hieher wären wir glücklich und geſund gekommen. Nur noch eine kleine Station von drey Meilen und wir ſind in Dresden. — Das wird ein Lerm werden, wenn wir ankommen! alles wird ſich um uns her verſammlen. Der wird nach dieſen und dieſer nach jenem fragen; und das Erzehlen von Stürmen und Seekapern; vom großen Mogul, von Malabaren und Chineſern, und von unſerm Gewürzhandel, wird kein Ende nehmen. —

Sechſter Auftritt.

Chriſtoph. Herr Weſt.

Herr Weſt.

(aus dem Gaſthofe) Nun Chriſtoph, haſt du die Poſt beſtellt? — Jeder Augenblick iſt mir koſtbar, und ich kann die Zeit nicht erwarten, ein geliebtes Weib zu umarmen, das vielleicht ihr Leben, ſeit meiner mehr als ſechsjährigen Abweſenheit, in Kummer und Mangel zugebracht hat. Und — Gott!

— Gott! wenn sie den Untergang des Holländischen Schiffs erfahren haben sollte, worinn wir nach Batavia und von da bis nach Madera zurückgefahren sind! — wenn sie vielleicht der Gedanke meines Todes — Je näher ich meiner Vaterstadt komme, je mehr ängstiget mich diese Besorgniß!

Christoph.

Das ist leicht möglich, daß sie das erfahren haben kann; so eine Begebenheit wird ja gleich in alle Zeitungen gesetzt. Ueberdies ist ihr auch der Name dieses verunglückten Schiffs aus dem Briefe, den sie vor unserer Abreise aus Amsterdam an sie geschrieben haben, bekannt genug. — Inzwischen trösten sie sich nur, mein Herr, ihre Ankunft wird alles wieder gut machen. Es schmerzt mich aber nur, daß ich einzig und allein schuld daran bin, daß sich unsere Herreise ein Vierteljahr länger verzögert hat. — Allein der Scharbock — ich konnte freylich nichts dafür — Ich wäre gewiß drauf gegangen, wenn wir noch länger auf dem Wasser geblieben, und nicht auf Madera gelandet hätten.

Herr

Herr West.

Das, was dich schmerzt, ehrlicher Christoph, muß uns zur Freude dienen, und ohne deine Krankheit, die die Ursache war, warum wir den Widder verliessen, und uns, wiewohl mit einigem Zeitverlust auf ein anderes Schiff begaben, ohne die Krankheit wären wir ohnfehlbar mit in das Schicksal jener Unglücklichen hinabgerissen worden.

Christoph.

Das ist freylich wahr, mein Herr; meine Krankheit ist an unserer Rettung schuld; und wenn mich es auch das Leben gekostet hätte, mit Freuden hätte ich es dahin gegeben, wenn nur dadurch das ihrige erhalten worden wäre. — Aber gewiß, ich will es allen Menschen sagen, wie viel sie seit der Zeit, da sie mich zu Amsterdam in Dienste nahmen, und besonders während meiner Krankheit, an mir gethan haben; wie sie mich haben warten und pflegen lassen, und daß ich es ihnen lediglich zu verdanken habe, daß ich noch lebe.

Herr West.

Sey nicht schwatzhaft, Christoph, danke nicht mir sondern Gott. Durch wohlthätige Handlungen will auch ich ihm für seine göttliche Leitung und für den Seegen danken, womit er meinen Fleiß belohnt hat.

Christoph.

Ja, er mußte sie segnen, guter lieber Herr. Was sie manchem armen Menschen geholfen haben! Wissen sie noch, wie ihnen die Sklaven auf den Plantagen des Herrn van der Flies zu Batavia, bey unserm Abschied um die Knie fielen, wie sie weinten und klagten, als wir sie verließen! —

Herr West.

Still, Christoph; erneure das Andenken an diese elenden Geschöpfe nicht, das mich mit Entsetzen und Mitleid füllet. — Jetzt mußt du eilen, das Nöthige zu unserer Abreise in Ordnung zu bringen; ich will indessen gehen und noch einige Geschäfte an diesem Orte besorgen.

(geht ab)

Zweyter

Zweyter Aufzug.

Erster Auftritt.

(Ein Vorsaal im Hause des alten Sternfeld; wenig erleuchtet)

Robert. Hannchen.

Robert.

Hannchen! Sprich, soll ich bleiben oder gehn? Eine halbe Stunde schon hab' ich gewartet, ohne zu wissen warum. — Ein Sohn in dem Hause seines Vaters wie ein Fremdling! — wie ein Elender, der Gnaden, der Mitleid erbetteln will! O! meine ganze Wuth empört sich! — Ich werde diesen Zustand nicht länger ertragen. — Diese mich entehrende Ketten will ich zerbrechen, oder —
(er geht auf und ab)

Hannchen.

Himmel! was soll daraus werden! beruhigen sie sich! — Ich hoffe, sie soll bald wieder herauskommen. (bey Seite) Es ahndet mir würklich nichts Gutes; das ewige Laufen, heimliche Reden, seit Sonnenaufgang, sieht mir so verdächtig aus, daß ich sehr irren müßte, wenn die Alte nicht etwas im Schilde führen sollte.

Robert.

O, wenn du noch lebst, Theurer, und ungeachtet du dein Herz von mir gewandt, mir dennoch geliebter Vater; so vergönne mir noch, deine Knie zu umfassen, dich an mein Herz zu drücken, dich meinen Vater zu nennen, bis du von meinen Thränen erweicht, mich wieder deinen Sohn nennest, und unsere Versöhnung durch eine reuige Thräne versiegelst. — O wenn du wüßtest, was ich gelitten! — ach! nur allzuleichtgläubig gabst du den grausamen Rathschlägen eines kinderlosen tyrannischen Weibes Gehör, und verbanntest mich aus deinen Augen! — Mir selbst überlassen, irr' ich umher, und benetze jeden Schritt meines Lebens mit Thränen. — Jetzt bin ich in einem Alter, das mich zu Ansprüchen auf Ehre und Wohlstand berechtiget; aber mein Geist ist ein Gefangener, der der Bewegung auf ewig beraubt ist. —

Hannchen.

Aber wenn sie bedenken, Herr Sternfeld, daß sie

sie sich dieses Schicksal durch ihre Liebe zu Carolinen —

Robert.

Schweig, und beleidige die Tugend nicht, die die Stifterin dieser Liebe ist. — Arm, ohne Schuld, arm aber edel und schön; — dieß sind die Reitze, denen ein sanftes menschliches Herz nicht widerstehen kann; und die ich so lange anbeten will, als noch ein Funke von Hofnung künftiger Glückseligkeit in meiner Seele glimmt. — Nicht diese Liebe ist die Ursache meiner Verstossung; der schändliche Eigennutz, die Habsucht meiner Stiefmutter bediente sich ihrer blos zum Vorwand, sich meines väterlichen Vermögens zu bemächtigen.

Hanchen.

Nun, ich will ihnen eben nicht widersprechen. Es ist wahr; nichts stimmt mit ihrem Betragen während der Krankheit ihres Vaters mehr überein. Sie weiß nur gar zu wohl, wie sehr ich ihr Feind bin; und hat mir seit gestern verboten, in das Zimmer ihres kranken Vaters zu gehen; vermuthlich aus Furcht, ich möchte mit ihm noch vor seinem Ende zu ihrem Vortheil sprechen. — Noch gestern Nach-

Nachmittags saß sie vor seinem Bette, und ihre Unterredung war ernstlich.

Robert.

Rede, Hannchen, wenn du etwas erfahren hast, was zu meinem Vortheil dienen kann. Du kannst für jetzt auf meine Verschwiegenheit, und wenn sich mit der Zeit mein Schicksal ändern sollte, auf meine Erkenntlichkeit Rechnung machen.

Hannchen.

Nun, so will ich ihnen nur ganz kurz sagen, daß sie ihrem Vater mit den heftigsten Bitten und Beschwörungen anlag, vor seinem Ende ein Testament zu machen, und sie zur Universalerbin seines Vermögens einzusetzen.

Robert.

Und mein Vater? —

Hannchen.

Seine väterliche Liebe schien wieder zu erwachen; er bedauerte das Schicksal seines Sohns, klagte seine Strenge gegen sie an, und schien ihr Vorwürfe zu machen. Weiter konnte ich nichts hören, weil

weil mich meine Geschäfte nöthigten, die Kammer zu verlassen, worinn ich zuhörte.

Robert.

Ja, gewiß hat sich sein zärtliches Herz wieder für mich aufgeschlossen; gewiß! — Gott! wie rührt mich sein Zustand! — Könnt ich von dir seine Genesung erbitten und in Zukunft wieder unter seinen Augen glücklich werden! —

Hannchen.

Hören sie weiter; Vermuthlich hat ihr Herr Vater dennoch darauf bestanden, seinen letzten Willen aufsetzen zu lassen. Noch gestern Abends wurden Gerichtspersonen bestellt; die sich auch diesen Morgen, kurz vor ihrer Ankunft, einfanden, aber auf die Nachricht von ihrer Frau Stiefmutter, daß der Kranke so eben in einen sanften Schlaf gefallen sey, unverrichteter Sache wieder fortgiengen.

Robert.

Glückliche Vorbedeutung! — Ja er wird wieder leben! mein Herz scheint sich bey diesen Gedanken zu erheben.

Hann=

Hannchen.

Und seit dieser Zeit darf niemand auſſer ihr und Johann in das Zimmer; ich muß hier Wache halten, und die Leute abweisen, die ihn zu sprechen verlangen.

Robert.

Hannchen! was meynst du? ich habe wohl noch so viel Zeit, um hin zu eilen, und meiner geliebten Caroline die Annäherung meines Glücks zu verkündigen. Sie ist so traurig, und mehr um mein Schicksal als um das ihrige bekümmert Sie hat erfahren, daß man sie hier im Hause für die Urheberin meines Unglücks hält; sie bringt in mich, meine Liebe aufzuheben, mich meinem Vater zu Füſſen zu werfen, und ihm zu erklären, daß ich sie nicht mehr liebte. Aber Gott! wie kann ich das! sie ist nicht die Schuld meiner Verstoſſung; — mein Vater ist wieder zu sich gekommen, ich will seine Knie umfaſſen und ihn bitten; er ist ein guter Vater; ich werde sie vor sein Bett führen, mit ihr meine Bitten, meine Thränen vereinigen, sie werden ihn rühren, ihr edles Herz, ihre Unschuld, ihre Schönheit werden ihn bewegen, und sie wird die meinige werden!

den! — (indem er bey den letzten Worten
forteilen will, kömmt Madam Sternfeld ganz leise
aus dem Zimmer. Er bleibt mit einer kalten Ver-
beugung stehen. Hannchen geht ab)

Zweyter Auftritt.
Die Vorigen. Frau Sternfeld. ihr
folgt Johann.

Frau Sternfeld.
Ah! Sie sind da, Herr Sohn. Sie kommen
etwas zu spät. Bald hätten sie ihren Vater nicht
wieder gesehen. Ich hoffe aber, er soll sich wieder
erholen; seit einer Stunde schläft er ganz ruhig. —
Sie scheinen eben nicht viel Liebe für ihren kranken
Vater zu haben, sonst hätten sie gewiß mehr geeilt.

Robert.
Mehr geeilt? — Madam, hier dieses Herz
hat eine Stimme, die laut zu meiner Vertheidigung
sprechen wird. Der erste Blick meines versöhnten
Vaters, der mich, warum will ich nicht sagen, so
lange von sich verbannte, und sie werden es hören!
sie werden es sehen! — Sie wollen vielleicht
gern,

gern, daß sich dieses Herz vor sich selbst fürchten soll?

Frau Sternfeld.

Und sie geben sich noch das Ansehen eines Mannes, der ganz von der Richtigkeit und Unfehlbarkeit seiner Grundsätze, aus welchen er gehandelt hat, überzeugt ist! — Es ist das Ansehn einer Selbstgenügsamkeit, die ihre Vernunft gegen alle warnende Urtheile über ihr Betragen taub gemacht hat. — Wollen sie sich etwa noch an die Ursache, die ihnen den Unwillen ihres Vaters zugezogen hat, erinnern lassen?

Robert.

Ihre Beschuldigungen sind zu allgemein, und ich möchte mich gern bestimmt vertheidigen. Unser Streit würde aber ziemlich weitläufig ausfallen, wenn ich sie aufforderte, mir die bestimmten einzelnen Züge meines schlechten Betragens vorzulegen. Was sie mir zu einem Verbrechen machen wollen, weiß ich — (er sieht sich nach dem anwesenden Bedienten um, um sein Mißfallen an seiner Gegenwart zu erkennen zu geben)

Frau Sternfeld.

(die dieses bemerkt) Ihr könnt gehn. —
Hört!

Hört! Ihr werdet nicht vergessen, meinen Befehl zu befolgen. Ich will schellen. (Johann ab) Und nun, wenn sie es wissen, was können sie denn zu ihrer Vertheidigung vorbringen? — Sich an ein armes, vaterloses verlassenes Ding zu hängen, das ohne Erziehung und aller Kenntniß der seinen Welt beraubt ist! — Bey Gott, die würde als ihre Frau eine artige Figur unter uns machen. Sehn sie denn nicht, daß sie sich und uns einem allgemeinen Gelächter aussetzen würden? —

Robert.

(spöttisch) Das wäre mein Verbrechen? In der That? — Wenn ich es denn einmal glauben soll, wiewohl ich nur gar zu gewiß überzeugt bin, daß meine Verstoßung die Folge einer ganz andern Ursache ist, so muß ich ihnen bekennen, daß ich auf dieses Verbrechen stolz bin.

Frau Sternfeld.

Die Folge einer ganz andern Ursache? — Was wollen sie damit sagen? Hüten sie sich, junger Herr, und treiben sie die Beleidigung nicht aufs äusserste! oder —

Robert.

Kann ich von ihnen etwas mehr befürchten, als was ich schon habe erdulten müssen?

Frau Sternfeld.

(auf die Seite) Ich muß meinen Zorn unterdrücken — aber die Zeit meiner Rache kömmt.

Robert.

Ein armes, vaterloses, verlassenes Mädchen! (bitter) Freylich, das ist in ihren Augen ein sehr verächtliches Wesen. — Aber ich betheure ihnen, daß sie einen Werth besitzt, der in meinen Augen alle Reichthümer weit aufwiegt. Es ist wahr, sie ist entfernt von dem Umgange der feinen Welt, wie sie sagen; aber sie besitzt einen natürlichen unverdorbenen Verstand, und, o Gott! ein so gefühlvolles menschliches Herz! (schmerzlich unwillig) und ich, — ich befinde mich jetzt in einem Zustande! — Er versagt mir die Glückseligkeit, dieses Herz zu besitzen! —

Frau Sternfeld.

Diese Sprache ist mir bekannt. Die Sprache einer blinden, ungestümmen, jugendlichen Leidenschaft

schaft — und nicht der Klugheit, nicht der kalten Vernnnft, die auf ihrer Huth ist.

Robert.

Ihre kalte Vernunft! — Also meynen sie, blos kaltblütige Ueberlegung bey Angelegenheiten des Herzens? Gleichgültigkeit bey Gegenständen, die Ansprüche auf menschliches Gefühl machen? — Die erste Anlage aller Bösewichter und (in einem beissenden Tone) Frau Mutter — der will ich nicht werden.

Frau Sternfeld.

(verbirgt den Unwillen, der sich in ihren Mienen äussert, und antwortet mit scheinbarer Gelassenheit) Ha, wie sie gleich übertreiben! — Ich dächte doch, sie müßten in ihrem Leben, und besonders in ihren gegenwärtigen Umständen, schon oft die Erfahrung gemacht haben, wie nöthig Behutsamkeit und Zurückhaltung in unserm Umgange mit andern ist, und daß man dem Antriebe des Herzens nie Gehör geben müsse, wenn es auf die Erlangung eines Vortheils, oder auf die Vermeidung eines unangenehmen Erfolgs ankömmt.

Robert.

Ja, ich habe sie gemacht, diese Erfahrung, wenn ich anders, wie sie sagen, die Schuld der Liebe büssen muß. Aber bey dem Gott der Wahrheit, ich werde nach keinem Vortheil streben, den mein Gewissen nicht billiget, und woran mein Herz keinen Antheil nimmt; mich vor keinem Uebel fürchten, das mich zum Märtyrer der Unschuld macht.

Frau Sternfeld.

Thörichter Jüngling! — Deine Reden sollen mich peinigen? — Ich verstehe was du willst; ich fühle, was sich für ein Argwohn in deiner Seele wider mich empört. Und wenn du mich es auch nicht merken liessest, so hast du doch die ganze Stadt damit angesteckt. Damit du aber siehst, und alle Leute es erfahren mögen, daß ich das Vermögen deines Vaters verachte, und daß nur deine unzeitige und unüberlegte Liebe an deiner Verstossung schuld ist, so will ich dir selbst zu deiner Aussöhnung mit deinem Vater behülflich seyn, und dir den Zugang zu seinem Herzen verschaffen. — Aber das sage ich ihnen zum voraus, ihre Seufzer werden ihn nicht erweichen, wofern sie nicht ihrer Liebe entsagen.

Robert.

Wenn es wahr ist, was sie mir da sagen, so empfangen sie meinen Dank, und für das übrige lassen sie mich sorgen.

Frau Sternfeld.

Sie können jetzt hinein gehen; vielleicht ist er erwacht. Ist er es aber noch nicht, so werden sie so lange ohne Gerdusch verziehen, und nicht eher hinter den Schirm gehen, als bis er Zeichen von sich giebt, daß er aufgewacht sey.

Robert.

Gott! stärke du dieses Herz, und lenke das Herz meines Vaters. (geht hinein)

Dritter Auftritt.

Frau Sternfeld. (allein)

Der Augenblick der Entscheidung rückt immer näher. — Zu diesem Schritt brachtest du mich, hartnäckiger Alter! — In meine vorige Armuth zurück zu kehren, oder auch nur mit dem auszukommen, was er mir noch vor seinem Absterben, zu meinem

nem Unterhalt, der nicht viel über das Nothdürftige hinaus gereicht haben würde, aussetzen wollte, beydes war mir nicht möglich, war mir schimpflich. — Zum Besitz eines so ansehnlichen Vermögens zu gelangen, kann man immer so ein Mittel wagen, wie das meinige ist. Und einem todten Manne den Dolch ins Herz stossen, ihn mit dem Blute eines getödten Thiers bespritzen, ist ja immer nur ein Blendwerk, der Schatten eines Verbrechens. — Aber seinen Sohn als Thäter angeben? — Ha! es wird den Kopf nicht kosten! wer nichts wagt, gewinnt nichts. Hätt' ich mich wohl aus Niedrigkeit und Armuth bis zum Besitz eines reichen Mannes emporgeschwungen, wenn ich minder unternehmend gewesen wäre, minder gewagt hätte? — Und nun, da es darauf ankömmt, das Erworbene zu erhalten, nun sollt' ich anfangen zu wanken! — Nein, dieser Gedanke sitzt zu tief schon in meiner Seele, und unmuthig würd ich werden, — ich würde mich selbst verachten, wenn ich von seiner Ausführung abstünde. Man wird seinen Sohn für den Mörder halten; die ganze Stadt weiß das Verhältniß, worinn er die ganze Zeit über mit ihn gestanden hat. Er ist diese Nacht bewafnet vor der Thür gewesen, und hat

hat sich hinein zu schleichen gesucht; auf mein Geschrey, und die Annäherung der Wache ist er davon geflohen, die Nachbarn haben ihn erkannt; er ist zuletzt bey ihm im Zimmer gewesen. Alle Umstände machen ihn zum Thäter des Mords. Die Wache ist bestellt, man wird ihn ergreifen, ins Gefängniß schleppen; ihn den Proceß machen; die Proben der peinlichen Frage auszuhalten, wird sein Körper zu schwach seyn; kurz, der einzige Erbe meines Mannes wird zum Tode geführt, und ich in den Besitz seines ganzen Vermögens gesetzt werden. (sie klingelt)

Vierter Auftritt.

Frau Sternfeld. Johann.

Frau Sternfeld.

Johann, die Zeit rückt heran; lauf und bestelle die Wache. Ehe du hinkömmst, wied der Ausbruch geschehen seyn.

Johann.

Ach Gott, wenn sie wüßten, wie ich hier (auf

das Herz zeigend) gemartert werde; ich stehe Höllenpein aus.

Frau Sternfeld.

Unentschlossene feige Memme! Ich glaube doch wohl, du willst jetzt den Gewissenhaften spielen, nachdem du den Plan mit hast anlegen helfen.

Johann.

Ich? anlegen? das ist nicht dem so; habe ich vom Anfange an mehr gewußt, als den Tod des alten Herrn? und haben sie mir weiter etwas gesagt, als daß sie etwas vorhätten, was mir großen Vortheil bringen könnte, wenn ich verschwiegen wäre; sie haben mir 2000 Thaler versprochen, wenn ich diesen Tod verheimlichte. Und haben sie mir nicht erst jetzt das ganze Geheimniß drinnen im Zimmer entdeckt?

Frau Sternfeld.

Schweig Elender, und thue, was du versprochen hast.

Johann.

Es würde gewiß nicht so weit gekommen seyn, wenn sie mir nicht das ausserordentliche Versprechen gethan

gethan hätten; und sie haben mich so ins Netz zu ziehen gewußt, daß ich nicht weiß, wie ich hinein gekommen bin, und wie ich mich wieder heraus winden soll.

Frau Sternfeld.

Hüte dich vor meiner Rache! — Geh' und vollziehe meinen Willen; alles verspricht uns einen glücklichen Ausgang, und dir eine reichliche Belohnung. Du hast nur wenig ängstliche Augenblicke zu überstehen.

Johann.

Lassen sie ab Madam, sie stürzen wahrlich sich und mich ins Verderben. Wie können sie glauben, daß eine solche Unternehmung ihnen gelingen sollte. Sie gehn zu rasch, zu unvorsichtig zu Werke. Sie haben sich einem Menschen anvertraut, dem es nur allzusehr an Entschlossenheit fehlet, das Werkzeug zu einer so kühnen That abzugeben. Kurz, Madam, lassen sie mich, ich fühle mich zu schwach, ich kann ihnen unmöglich behülflich seyn.

Frau Sternfeld.

Wie? Elender! du willst wieder zurückgehen! Was hindert mich, daß ich dich nicht alle meine Rache

che empfinden lasse! Ich Thörichte! — mich auf gerathewohl einem Pinsel anzuvertrauen, der ein Erzbösewicht wäre, wenn es ihm nicht an Muth fehlte.

Johann.

Denken sie so viel Böses von mir, als sie wollen, nur verschonen sie mich mit diesem Auftrag. Schweigen will ich, nicht ein Wort von dem sagen, was sie in diesem Augenblick zu thun willens sind; das ist alles, was ich ihnen versprechen kann.

Frau Sternfeld.

(sieht Johann mit einem hingeworfenen verächtlichen Blick an, worinn sich zugleich ihre Wuth ausdrückt) Verächtliches Geschöpf, schweig! (sich von ihm abkehrend) Also ist dieser Versuch vergebens angefangen, im Begriff das Mittel zu erreichen, und kein Ausgang! — Den ganzen Plan also aufgeben? (sie überlegt einige Augenblicke) Das geht nicht! Die Zubereitungen sind alle gemacht, ich bleibe im Verdacht stecken, und bin in Gefahr, ein glänzendes Vermögen zu verlieren, Reichthümer — Was ist der Mensch in der Welt ohne Geld, ohne Vermögen — Nichts. Nein,
die

die kann ich nicht schwinden lassen. (Wiederum nach einiger Ueberlegung) Vielleicht geht es so. Ich will hineingehen, und da er sich ohne Zweifel, meinem Befehle gemäß, dem Bette noch nicht genähert hat, so will ich versuchen, ob ich ihn wieder entfernen und der Sache zu meinem Vortheil eine andere Wendung geben kann. (indem sie in Begriff ist, sich ins Zimmer zu begeben, tritt ein Gerichtsbedienter herein)

Fünfter Auftritt.

Die Vorige. Ein Gerichtsdiener.

Frau Sternfeld.

Wer ist da?

Gerichtsdiener.

Meine Vorgesetzten lassen sich erkundigen, ob es nunmehro Zeit sey, den Aktuarius nach der diesen Morgen genommenen Verabredung zur Aufnehmung des Testaments abzuschicken.

Frau Sternfeld.

Gedulte er sich ein wenig, ich will ihm gleich Antwort

Antwort sagen. (für sich) Glücklicher Zufall! — Nun soll die Sache gleich eine andere Gestalt bekommen! Ich verfolge meinen Plan, dieser Mensch soll Zeuge bey dem Auftritt seyn, der nun erfolgen wird! er soll das Mittel seyn, meinen Feind der Gerechtigkeit in die Hände zu liefern. (sie ruft) Hannchen! Hannchen! (für sich) Ich will sie zum Zeugen meiner Unschuld mit mir ins Zimmer nehmen. (Hannchen kömmt) Komm mit mir. Ich will zusehen, ob mein Mann erwacht ist. (geht mit Hannchen ins Zimmer)

Sechster Auftritt.

Johann und der Gerichtsdiener.

Johann.

(für sich) Ich bin begierig, was sie nun anfangen wird, nachdem ich ihr meinen Beystand aufgesagt habe. Nein, es ist unglaublich, wie ein Mensch nur so verwegen und zugleich so unbesonnen seyn kann!

Gerichtsdiener.

Was giebts denn in eurem Hause, guter Freund, es

es steht alles so, ich weiß nicht wie, aus. Ist der alte Herr etwa noch schlimmer geworden?

Johann.

Ob es mit ihm besser oder schlimmer geworden ist, weiß ich selbst nicht recht, ich denke aber doch besser.

Gerichtsdiener.

Besser? Nun, auch desto besser für seine Frau; so behält er doch noch Zeit, sein Testament bey gesundem Verstande zu machen; denn sie wird ja doch Universalerbin werden. Man weiß ja wohl, wie er mit seinem Sohne steht; die Leute sprechen eben nicht viel Gutes von ihm.

Johann.

Ich weiß von nichts.

Gerichtsdiener.

Nun so wird er doch vermuthlich wissen, was diese Nacht vorgegangen ist. Die ganze Straße ist ja drüber munter geworden; wer weiß was geschehen wäre, wenn nicht zum Glück die Wache dazu gekommen wäre, und ihn verjagt hätte. Er sieht auch seit einiger Zeit so wild, so zerstört aus.

Johann.

Ich kann mich darauf nicht einlassen. (es entsteht innwendig ein Geräusch)

Gerichtsdiener.

Horch, was giebts!

Johann.

(erschrickt) Himmel! (verlegen) Er ist drinn im Zimmer, der junge Sternfeld!

Gerichtsdiener.

So? — vielleicht ist der Alte gestorben (er will sich der Thür nähern, um zu horchen, sie öfnet sich aber, und er fährt zurück.

Siebenter Auftritt.

Robert. Frau Sternfeld. Hannchen.

Frau Sternfeld.

Wache! Wache! Fort, geschwinde! (der Gerichtsdiener steht betäubt, und nach den Worten des Roberts, "mit Blut bedeckt," eilt er ab)

Robert.

(stürzt voll Verzweiflung heraus) Gott! mein Vater ermordet! mit Blut bedeckt! — Großer Gott, zu welchem Schicksale hast du mich aufbewahrt! — Nimm, nimm mir dieses verhaßte Leben! — Wo ist der Mörder meines Vaters, daß er auch in dieses Herz seinen Dolch stoße? — Hier, du bist die Mörderin; als Mörderin klage ich dich vor den Richtern, vor der Welt und vor Gott an! — Ungeheuer!

Frau Sternfeld.

Greuel über Greuel! Mord und Verleumdung! Du bist der Mörder deines Vaters, meines Gemahls! —

Robert.

Furie! wüthe gegen mein Leben, nicht wider meine Ehre! —

Frau Sternfeld.

Alles, alles zeugt wider dich! Deine verbotene Liebe, der Haß deines Vaters, deine Verbannung aus diesem Hause, deine Rache, dein nächtlicher Versuch, bewafnet ins Haus einzudringen, deine darauf

darauf genommene Flucht bey Annäherung der Wache. Die ganze Nachbarschaft hat dich bey hellem Monde erkannt, ich rufe sie wider dich zu Zeugen an; die Richter sollen zwischen mir und dir entscheiden. (zu Hannchen, die ausser sich ist) Komm!

(gehn ab)

Robert.

Fliehe, fliehe nur, die Rache verfolgt dich und dein Gewissen! Gerechter Himmel! — Du, du dort droben durchdringst die Geheimnisse meines Herzens, du weißt, daß diese zu dir aufgehabene Hände an dem Blute meines Vaters nicht schuld sind. — Gieb mir Standhaftigkeit, und führe meine Sinne aus der Verwirrung, daß meine Vernunft nicht unterliege — Ach! armer unglückseliger Vater! eines so schrecklichen Todes zu sterben; zu sterben, ohne von deinem Sohne, der dich so zärtlich liebte, die letzte Versicherung seiner kindlichen Zärtlichkeit zu hören; ohne seinen Mund an deine sterbenden Lippen zu drücken! Gott, dieser Gedanke erschüttert mein ganzes Wesen! — Also bin ich auf ewig unglücklich! verlassen von allen Menschen und in tiefster Armuth! — Noch einmal will ich ihn sehen, auf seinen blutigen Leichnam

sinken

sinken und sterben! (er geht auf die Thüre des Zimmers zu, bebt aber schnell wieder rückwärts) Entsetzen! ich kann nicht; ich kann nicht! — Hält mich der Arm Gottes? — Soll ich nicht mit dem Tode meine Quaal endigen! soll ich langsam mein Herz zerfleischen? mich sein blutiges Bild allenthalben verfolgen? — Aber wohin es mich auch verfolgt, weg aus diesem Hause will ich! fort! — Aufenthalt meiner unschuldigen jugendlichen Tage, du bist ein Aufenthalt der Mörder und der Zwietracht geworden! Lebe wohl! Ich will das Angesicht der Menschen fliehen; die dunkelste Einöde suchen, da mein Schicksal beweinen, mein Grab bauen und sterben! (er will abgehn)

Achter Auftritt.

Frau Sternfeld. Eine Gerichtsperson mit Wache. Johann. Robert.

Frau Sternfeld.

Halt! laßt ihn nicht entwischen! Nehmt ihn in Verhaft und führet ihn vor den Richter! Er ist der Mörder seines Vaters!

Robert.

Unmensch! ich sehe die Absicht deines ganzen Plans ein. Du hast gemordet, du! Meine gegenwärtige Lage soll die That begünstigen, die du mir schuld giebst, und von der du die Urheberin bist. Du siehst mich schon unter den Händen der rächenden Gerechtigkeit, und bemächtigest dich schon in Gedanken meiner väterlichen Güter. Aber es wird dir nicht gelingen! Oben im Himmel waltet noch ein Gott, der die Unschuld beschützt, und die Gerechtigkeit ist noch nicht so taub, daß sie ihre Stimme nicht hören sollte.

Frau Sternfeld.

Die Sprache aller abgehärteten Bösewichter, die gern Gefährden ihres Schicksals zu haben wünschen. Setzen sie seinen Schmähungen Grenzen, führen sie ihn fort.

Gerichtsperson.

Folgen sie uns. Ich habe Befehl, sie in Verhaft nehmen zu lassen.

Robert.

Ich folge ihnen unverzüglich; aber bemächtigen

tigen sie sich zuförderst ihrer Person und ihres Bedienten.

Gerichtsperson.

Ich darf nicht. Ich habe dazu keinen Befehl und sie haben sich durch den in dieser Nacht geschehenen Vorfall, der den Richtern hinterbracht worden ist, verdächtig gemacht.

Robert.

Die Umstände sind dringend. Sie verlangen diese Vorsicht. Die Richter werden es billigen; da die persönliche Versicherung dieser beyden zur Entdeckung des Verbrechens mit beytragen muß. Die That ist in diesem Hause geschehen; sie müssen darum wissen. Wegen des nächtlichen Vorfalls will ich mich vor den Richtern rechtfertigen — nichts als ein unschuldiger Versuch, meinen Vater zu sprechen, dessen tödtliche Krankheit ich erfahren hatte.

Gerichtsperson.

Sie haben recht. Frau Sternfeld, im Namen meiner Vorgesetzten befehle ich Ihnen, nicht eher aus dem Hause zu gehen, bis ich diesen Vorgang berichtet, und ihnen die Entschliessung der Obrigkeit dies dieserwegen hinterbracht haben werde. Auch für ihren Bedienten müssen sie haften.

Frau Sternfeld.

Sie haben diese Vorsicht nicht nöthig, mein Herr. Gehn sie nur mit ihren Gefangenen voraus, ich will ihnen bald nachfolgen; mich vor den Richtern stellen, ihnen alle Umstände, die dieses Verbrechen in ein helleres Licht setzen, entdecken, und diesen Bösewicht des Vatermords selbst anklagen.

Robert.

Stich nicht, Natterzunge! — dort will ich dich erwarten; mit der Standhaftigkeit einer beleidigten Unschuld und eines reinen Gewissens erwarten! — Kommen sie, ich bin bereit ihnen zu folgen. Nur eins bitte ich noch. Lassen sie ihre Leute von fern folgen, um den Zusammenlauf des Volks zu vermeiden. Ich werde ihnen nicht entrinnen. Die Unschuld ist meine Begleiterin; zudem sind sie bewafnet, und ich bin wehrlos.

Gerichtsperson.

Nun gut. Kommen sie. Ihr könnt uns auf 50 Schritte folgen. Zwey Mann besetzen den Eingang zum Hause, und lassen niemanden ein und aus.

Ro=

Robert.

(wirft noch einen wehmüthigen Blick nach dem Zimmer seines Vaters) Armer Vater! Unglückliche Caroline! (er geht mit der Gerichtsperson ab, die Wache folgt ihnen)

Neunter Auftritt.
Frau Sternfeld. Johann.

Frau Sternfeld.

Zwey Schritte wären gethan, nun noch den dritten, und ich wäre am Ziel meiner Laufbahn. Glückliche Zukunft! In dem Besitze eines ansehnlichen Vermögens; alle Wünsche meines Herzens erfüllt; der Verlust so vieler Tage, die ich an der Seite eines alten kranken Mannes erlebte, durch noch mehr glücklichere, freudenvollere ersetzt!

Johann.

Ach Madam, ich weiß nicht, wie mir zu Muthe ist! Ich bin in einer Verwirrung, in einer Angst! —

Frau Sternfeld.

Höre Johann, fasse Muth, und schweige; versprich

sprich mir dies. Noch eine kurze Zeit, und du bist aus Knechtschaft und Armuth heraus gerissen! Eine lange glückliche Zukunft ist ja wohl weniger ängstlicher Augenblicke werth! Du sollst ja weiter nichts thun als schweigen.

Johann.

Ach Gott! wie könnte ich jetzt an die Zukunft denken, da unsere gegenwärtige Lage noch so zweifelhaft ist! Ich bin keinen Augenblick vor dem Verhaft sicher. Und nehme ich nicht gleichen Antheil an dem Verbrechen, wenn ich auch weiter nichts thue, als schweigen? Es ist am besten, ich gehe, so weit mich meine Füsse tragen.

Frau Sternfeld.

Unglücklicher! fürchte meinen Zorn! — Unterdrücke deine Kleinmuth, und verstelle dich wenigstens — oder! — Folge mir, ich will dich unterrichten, im Fall du ja vor dem Gerichte erscheinen mußt. (Johann mit Kennzeichen der äussersten Bestürzung, geht mit ihr ab).

Zehn‧

Zehnter Auftritt.

(Die Scene ist die vorige Straße.)

(Robert mit dem Anführer der Wache kömmt. Caroline und Julie eilen ihm entgegen.)

Caroline.

Himmel! Robert! was haben sie gethan? — (zur Gerichtsperson) Nur einen Augenblick, ich beschwöre sie! — Nein, er ist unschuldig; — Das Gerücht von der Ermordung seines Vaters ist falsch! — (zu Robert) reden sie, sprechen sie, geben sie mir Leben oder Tod!

Robert.

Ihre Gegenwart durchbort mir das Herz! — Ja, mein Vater ist ermordet; aber ich bin unschuldig! Gott im Himmel ist mein Zeuge; meine Augen haben ihn nicht mehr lebend gesehen. Sein Leichnam war mit Blut bedeckt. Tief, tief bin ich gefallen, ins äusserste Elend herabgefallen. Das Schicksal hat alle meine vorigen sanften Empfindungen taub geschlagen; ich vergaß unter dem Schrecken des Todes die Liebe, die du mir gabst. Geh, fliehe von mir, daß sie nicht von neuem erwache, und die Quaal, die ich empfinde, bis zur Verzweiflung steigen lasse.

Caroline.

Nein, ich lasse dich nicht, geliebter Robert, ich lasse dich nicht, mit dir will ich leben und sterben. Ich beschwur dich, meiner Liebe zu entsagen, um dich wieder glücklich zu machen; aber jetzt, da du mehr als jemals elend bist, jetzt ist meine Liebe stärker als der Tod. (wirft sich in seine Arme)

Robert.

(sucht sich von ihr loszureissen) Laß mich, Unglückliche, laß mich, du giebst mir den Tod; erweiche mein Herz nicht, da es sich mit Härte wider das Schicksal wafnen muß. Laß mich!

Julie.

Theurer, unglücklicher Robert, beruhigen sie sich! sie thun jetzt einen Gang, wozu sie ihre ganze Fassung nöthig haben. Fasse dich Caroline! wie kann Robert an einem unmenschlichen Verbrechen schuld seyn? sein reines edles Herz, sein ganzer Wandel ist für seine Schuldlosigkeit Bürge. Nur noch eine kurze Zeit, und die Nacht, die diese ganze fürchterliche

che Begebenheit bedeckt, wird verschwinden, und die Unschuld, rein wie das Licht der Sonne, hervortreten.

Robert.

Ja, ich hoffe es! Aber bin ich darum weniger unglücklich? Hab ich nicht einen Vater verlohren, da mir sein Tod am schmerzhaftesten seyn muß? — Ohne von mir die Beweise meiner Schuldlosigkeit zu hören! — Ohne meine Aussöhnung! —

Julie.

Rechnen sie auf den Beyfall ihres Gewissens und des Himmels! Der wird diejenigen finden, die an der Verblendung ihres Vaters, an ihrer Verstoßung und an seinem Tode schuld sind.

Robert.

Großmüthige Freundin, sie gießen Linderung in mein Herz! — Ja, dieses innere Bewußtseyn meiner Unsträflichkeit spricht laut in mir; unter diesem Schutze will ich den Richtern, wollt' ich selbst dem Tode getrost unter die Augen treten.

Caroline.

Aber Gott! wenn man sich heimlich verschwo-ren

ten hat, dich zu unterdrücken; wenn falsche Zeugen wider dich auftreten, falsche Eydschwüre die That bekräftigen, die man dir schuld giebt; wenn man deine jetzigen Umstände, deine Verstossung, deine Armuth, deine Uneinigkeit mit deiner Stiefmutter! —

Robert.

Sie ist die Mörderin meines Vaters. die Räuberin meines väterlichen Vermögens. Du machst mir Muth, da du mir ihren Namen nennst. Lebet wohl, ich muß fort, ehe diese Flamme verlöscht, ich muß hin zum Richter. (er reißt sich aus ihren Umarmungen, und eilt mit der Gerichtsperson ab)

Caroline.

Robert! Robert! Fort! fort! — Gott, wie wird mir! — meine Sinne! Julie!

Julie.

(hält sie in ihren Armen. Die Wache geht über das Theater und folgt Robert nach) Caroline, was ist dir? Deine Leidenschaft macht dich unglücklich! — Sey gedultig bey den Züchtigungen des Himmels, und stille die aufwallende Hitze
deines

deines Bluts! — Halt aus; die Streiche werden dir minder schmerzlich seyn!

Caroline.

(sich langsam empor richtend, nach einer Pause) Ich erhole mich! Julie! — du hast recht! aushalten und seinem Schicksale nachgeben — das muß ich. Ob es gleich das einzige letzte Mittel — zwar kein Trost, doch ein Schein von Trost ist — wozu ich meine Zuflucht nehmen kann. Ob ich mich gleich dabey nicht anders befinde, als ein Wandrer, den das Ungewitter auf offener Heide, ohne Obdach, überfällt.

Julie.

Aber Caroline, was hälf es ihm, wenn er sich aus seiner Fassung bringen ließ und sich der Verzweiflung Preiß gäbe? Wird sein Schicksal minder grausam seyn?

Caroline.

Freylich, nein, (sie weint) aber es würde für den armen Wandrer besser seyn, wenn er ein Obdach fände. Wäre ein Grab das meinige! —

Julie.

Du verlangst zu viel, liebste Freundin, wenn du willst, daß der Mensch ohne Leiden seyn soll. Wie viel verlöhren wir nicht an der Empfindung des Vergnügens, wenn nicht zuweilen eine kleine Bitterkeit darein gemischt würde! — Vielleicht kennten wir nicht einmal den Namen der Freude, wenn uns die Empfindung der Traurigkeit und des Schmerzes unbekannt wäre.

Caroline.

Kalte Predigerin! — Das Uebel, das du heilen willst, sitzt hier, hier, (auf das Herz zeigend) und nicht im Kopfe.

Julie.

Kalt oder nicht kalt — doch wahr. Und kennest du einen andern Weg zum Herzen, als den Verstand, und wo unmittelbare glückliche Aenderung des Mißgeschicks das Herz nicht heilen kann, muß es nicht da der Trost thun? Zudem bleibt dir in deinen gegenwärtigen Umständen die Hofnung eines baldigen glücklichen Ausgangs übrig. Nein, Robert ist unschuldig, gewiß unschuldig. Die Richter werden ihn losprechen, gewiß, und er wird wieder

der glücklich werden! — Wenn ich doch auch Hofnung hätte. Aber für mich ist jede Aussicht verschloffen, die glücklichen Stunden meines Lebens liegen rückwärts.

Caroline.

Du willst durch deinen Trost meine Leiden mindern, und vergißt, daß du sie durch die Erinnerung an dein eigenes Schicksal vergrösserst. Gott! wie wird mir die Zeit so lang werden, ehe ich das Schicksal meines Roberts erfahre. Wenn nur die Richter die Untersuchung nicht aufschieben. Er ist arm, man wird ihn nicht losgeben, und ich werde lange Tage in der ängstlichsten Ungewißheit schmachten müssen.

Julie.

Komm, Caroline, laß uns hineingehen. Wenn ich dich nicht trösten kann, will ich meine Thränen mit den deinigen vereinigen, will ich mit dir leiden. (Julie geht ins Haus. Caroline ihr langsam nach, bleibt aber auf die Rede des Herrn Wests stehen)

Eilf=

Eilfter Auftritt.

Caroline. Herr West. Christoph.

(die nach dem Gasthofe zugehen wollen)

Herr West.

(zu Johann) Den ersten Fußtritt in mein Vaterland — Unglückselige Vorbedeutung! — Ein Vatermörder sagst du?

Christoph.

Ja Herr, ein Vatermörder!

Caroline.

Gott, was höre ich! (auf Herr West zugehend) Mein mein Herr, wer sie auch sind, er ist kein Vatermörder, er ist mein Geliebter; ein unschuldiges Opfer der Habsucht seiner Stiefmutter. Reden sie, ich bitte, ich beschwöre sie, wenn sie mir Nachricht von meinem unglücklichen Robert geben können. Robert ist edel, ist gut.

Herr West.

(zu Christoph) Geh, und bezahle dem Wirth unsere Rechnung. (Christoph geht ab. Zu Carolinen) Ich beklage das Schicksal ihres Geliebten und

und zugleich das Ihrige. Die Nachricht, die ich so eben von meinem Diener erfahren habe, enthält sehr wenig, und beynahe nichts, was ihnen zum Trost gereichen könnte.

Caroline.

O, sie werden mir nichts sagen können, was mein Unglück vergrössern könnte; meine Leiden sind schon aufs höchste gestiegen!

Herr West.

Er soll sich standhaft vertheidigen, das ganze Verbrechen seiner Stiefmutter beymessen, und auf seine Loßlassung dringen, die aber die Richter abgeschlagen hätten, weil er diese Nacht einen Versuch gethan habe, bewafnet in das Haus seines Vaters einzudringen, und zuletzt in dem Zimmer seines Vaters gewesen sey, und deßwegen starken Verdacht wider sich habe, auch ausserdem keine Sicherheit stellen könnte.

Caroline.

Lassen sie sich alles in kurzem sagen, mein Herr. Alle Welt muß es wissen, daß er unschuldig ist. Ja bey Gott schwör' ichs, er ist unschuldig. Seine Stiefmutter ist die Mörderin. Sie will sich seines Vermögens

mögens bemächtigen. Seine Liebe zu mir diente ihr zum Vorwande, ihn bey seinem Vater verhaßt zu machen, ihn aus seinem Hause zu verbannen, ihn in die dürftigsten Umstände zu setzen.

Herr West.

Ihr Zustand jammert mich. Ich bin bereit, ihrem unglücklichen Freunde beyzustehen. Gott hat mich mit Gütern gesegnet, und ich kann ihn nicht besser danken, als wenn ich einen Theil davon anwende, einen Unglücklichen vom Verderben zu retten, worein ihn das Laster stürzen will.

Caroline.

Wie soll ich ihnen für ihre Güte danken, edelmüthiger Mann!

Herr West.

Zuförderst will ich den Versuch machen, ob ich ihn durch Bestellung einer hinlänglichen Caution auf freyen Fuß setzen kann. Alsdenn wollen wir Hand an seine Vertheidigung legen, und den wahren Thäter zu entdecken suchen. Meine Abreise nach Hause will ich so lange verschieben, bis wir den ersten Schritt gethan haben. Ich eile und bringe ihnen, so bald als möglich, Nachricht. (er will abgehen)

Ca=

Caroline.

Darf ich, wenn es nicht zu verwegen ist, den Namen und den Stand desjenigen wissen, der sich so edelmüthig einer unbekannten und unglücklichen Waise annimmt?

Herr West.

Sie sollen alles erfahren. Jetzt haben wir keinen Augenblick zu verlieren. Wo kann ich sie wieder finden? (ruft in den Gasthof) Christoph!

Caroline.

Hier in diesem schlechten Hause wohn' ich! O um ihrer Güte willen, verkürzen sie die Angst, die mich martert, mein ganzes Leben soll ihnen danken.

Herr West.

Beruhigen sie sich, ich bitte sie, der Himmel wird für sie sorgen. (Caroline geht hinein, Christoph kömmt aus dem Gasthofe) Christoph, geh und bestelle die Post wieder ab. Ich kann jetzt noch nicht reisen. (sie gehn auf verschiedenen Wegen ab)

Dritter Aufzug.

Erster Auftritt.

(Juliens und Carolinens schlecht meublirtes Zimmer.)

Julie und Caroline.

Julie.

Ich bin begierig, diesen großmüthigen Unbekannten, deinen Schutzengel zu sehen. Eine Stunde ist schon vorüber.

Caroline.

(unruhig, durch das Fenster sehend) Er kömmt noch nicht! O Gott! mein Herz!

Julie.

Sey gutes Muths, es wird alles besser werden. Sage mir, warum die Nachricht von dem Fremden mich so leicht gemacht hat. Meine Seele fliegt, wie ein Schiff bey günstigem Winde mit vollen Segeln. Meine Gedanken haben Flügel.

Caroline.

Aber ich bin wie eine Träumende, die einen
Berg

Berg übersteigen will, aber keinen Fus von der Stelle bewegen kann.

Julie.

Gedulte dich, Beste, du wirst auch fliegen; der Berg wird in ein lachendes Thal herabsinken. — Komm, laß uns die Arbeit zur Hand nehmen, sie verkürzt die Zeit, und macht uns andere Gedanken.

Caroline.

Wie wär' ich das im Stande? Meine ganze Thätigkeit, alle meine Kräfte haben sich nach diesem gequälten Herzen zurück gezogen, und sind eine Nahrung meines Kummers. Aber er wird sie bald aufzehren; er wird meine jugendlichen Lebensgeister auffliegen lassen, wie in einer Flamme. Ich fühl es schon. Aus Mangel an Kraft zittern meine Glieder. Der kleine Funke von Hoffnung, der in meiner Seele glimmt, hat das Gefühl, das das Schrecken taub gemacht hatte, wieder aufgeweckt, und ich bin so voller Angst —

Julie.

Laß die Vernunft über dein Blut herrschen, lieb-

liebſte, beſte Freundin! komm wieder zu dir, ſey ruhig.

Caroline.

Ja, wenn ich dein Blut hätte, oder deine Vernunft. O du biſt ein glückliches Weib, es ſey nun, daß deine Vernunft ſtärker, oder dein Blut kälter als das meinige iſt. Du wirſt nie ein Raub des Schmerzens; kannſt dich ſo leicht tröſten, aber ich! —

Julie.

Höre; wie ich neulich krank lag, weißt du noch, was da mein Arzt ſagte? Wenn bey dem Kranken die Betäubung aufhört, und Beängſtigung an ihre Stelle tritt, ſo iſt das ein Kennzeichen der Beſſerung.

Caroline.

Aber bin ich nicht dem Rückfall unterworfen? Wer iſt mir Bürge dafür? (es wird geklopft) Er iſts, mein Unbekannter, er iſts. (beyde eilen nach der Thüre, Hannchen macht auf und tritt herein)

Zweyter Auftritt.

Die Vorigen. Hannchen.

Caroline.

(zurück und auf den Stuhl) Nein! noch nicht! — Ich bin bereit, alles zu hören. — Mein Herz! —

Julie.

(ihr beystehend) Ruhig, meine Freundin, ruhig.

Hannchen.

Warum erschrecken sie so vor mir. Ich wollte ihnen sagen, daß ich meine Frau nicht finden kann.

Caroline.

(tief Athem schöpfend) Leichter! —

Hannchen.

Gleich nach der Abführung des Herrn Sternsfeld, hörte ich zwischen ihr und Johann im Zimmer einen heftigen Wortwechsel. Sie wollte zu Thätlichkeiten schreiten. Wüthend stürzte sie zur Hinterthür hinaus, die nicht bewacht war. Es wird bereits eine Stunde seyn. Wohin sie gegangen ist, weiß ich nicht. Nach Verlauf einer halben Stunde gieng auch Johann in Begleitung des einen Soldaten fort.

Caroline.

Ach! sie wird vor das Gericht gegangen seyn, meinen Robert ihrer Habsucht vollends aufzuopfern, ihm den letzten tödtlichen Streich zu versetzen — O, ich erwartete Trost aus ihrem Munde, Hannchen, und (sich ihrem ganzen Schmerz überlassend) ach'! ach! (innerlich arbeitender Schmerz ohne Thränen.

Julie.

(ihre leidende Freundin wehmüthig anschauend. Pause. Die Augen empor kehrend) Grausames Verhängniß. Also nur den zärtlichsten Seelen, Seelen, die so innig lieben, ist solche Quaal bestimmt! Nur den unempfindlichen, gleichgültigen, kalten Menschen Ruhe? — Liebe, Liebe, du bist kein gütiger, kein sanfter, wohlthätiger Freund, du bist ein Tyrann (sie bey der Hand fassend) — Wie soll ich dir, wie kann ich dir helfen? ich fühl' es, wie sauer dir dein Leiden wird. (sie weint)

Diese

Diese Thränen sollen die deinigen erwecken. Sie sollen deine bekleminte Brust öffnen, daß es dir leichter werde.

Caroline.

(fängt langsam an zu weinen) Herauf — meine Thränen! (sie weinen beyde. Eine Pause)

Hannchen.

O, Gott!

Caroline.

Mein Herz — leichter!

Hannchen.

Ich muß wieder fort. Das ganze Haus ist leer. Wenn ich aber etwas höre, das zu ihrem Troste gereichen kann, so will ich ihnen unverzüglich Nachricht bringen.

Julie.

O, ja Hannchen, ich bitte sie darum.

Hannchen.

Sie können sich auf mein Wort verlassen.
(geht ab)

Dritter Auftritt.
Julie. Caroline.

Caroline.
Die Thränen haben mein Herz erleichtert, aber der Gram hat mich so abgemattet! Meine Füsse sind so schwer, daß ich nicht im Stande bin, mich aufzurichten.

Julie.
Welch ein armes Geschöpf wäre der Mensch ohne Thränen, ohne Gefährten des Kummers. Ja, wechselsweise wollen wir uns unser Schicksal ertragen helfen, wechselsweise soll eine der andern ihre Thätigkeit, ihre Kraft mittheilen. Ein ewiges Band soll unsre Herzen vereinigen. Und ist wohl eine Freundschaft fester, und wahrer, als die Freundschaft der Unglücklichen?

Caroline.
O Gott! könnt' ich eines so ruhigen heitern Gedankens wieder fähig werden! Meine Seele irrt in einer Wildniß, ohne Licht und Ausgang. Abgezogen von allem, was dem ruhigen Menschen das gewöhn-

gewöhnliche Leben zur Beschäftigung und Zerstreuung darbietet, hängt sie nur an dir, mein Robert, und versenkt sich in die Tiefe deiner Leiden! — Du, du allein kannst sie aus der Irre führen, sie erleuchten; du allein kannst mir das Leben wieder schenken.

Julie.

Sey ruhig, meine Liebe, und hoffe. Robert ist ganz gewiß unschuldig.

Caroline.

Ja er ist es, er ist unschuldig, wie die Sonn' am Himmel! — Aber was säum ich? warum eil ich nicht, mich den Richtern zu Füssen zu werfen? mich seiner Stiefmutter entgegen zu stellen, und ihrer mörderischen Anklage, ihren schändlichen Verleumdungen Einhalt zu thun. O, wenn meine Rede die Richter nicht von der Unwahrheit ihrer falschen Anklage überführen kann, so will ich seine Unschuld mit einem theuren Eyde bekräftigen, und ihr Herz durch meine Thränen zum Mitleid öffnen. Die Wahrheit meiner Thränen und Reden soll ihnen die Augen öffnen, und sein edles unschuldiges Herz soll eben so entfaltet vor ihnen da liegen, wie vor dem meinigen. Ich will —

Julie.

(ihr die Hände fassend) Um des Himmels Willen. Caroline fasse dich. Du machst dich uns glücklich.

Vierter Auftritt.
Julie. Caroline. Christoph.

Christoph.

Ich bin doch recht. ja! das ist ja das Frauenzimmer (zu Carolinen)

Caroline.

Ja, Julie, es ist der Bediente des edelmüthigen Unbekannten.

Christoph.

Mein Herr schickt mich her ihnen gute Botschaft zu bringen. Er hat mich voraus geschickt, ihnen seine Ankunft zu melden; er glaubte, sie könnten gute Botschaft nicht zeitig genug erfahren. Gutes Muths sollten sie seyn; das wissen sie doch wohl schon, daß die Alte entflohen ist. Es sollen ihr Steckbriefe nachgeschickt werden.

Julie und Caroline. (zugleich)

Jul. Ist er frey?

Car. Ist mein Robert gerettet?

Christoph.

Alles gut, — den Bedienten der Alten haben sie hingesetzt. Mein Herr und Herr Sternfeld baten für ihn; denn die Herren im Gerichte sprachen von Willkommen. Aber er wird doch wohl nur mit 8 Wochen Gefängniß bey Wasser und Brod durchkommen. Und die alte Frau — wenn sie sie kriegen, mit der mag ich's nicht theilen.

Caroline.

O ich bin so neugierig. —

Julie.

Guter, ehrlicher Mann —

Christoph.

Ja, das bin ich. Gutes und Böses, Glück und Unglück hab' ich mit meinem Herrn getheilt, aber er verdient auch einen treuen ehrlichen Diener, und der bin ich, ich darfs sagen, denn sonst kann ich mich auf der Welt nichts rühmen. Ich bin das, was

was ich seyn soll; und nach meinen Gedanken ists besser, einen geringen Posten gut, als einen großen schlecht zu verwalten. Nehmen sie mirs nicht übel, daß ich mich selbst lobe; es hat ja ein jeder Mensch so sein bischen Eitelkeit..

Caroline.

(unruhig) O wenn er doch — (auf die Seite)

Julie.

Ganz erlaubt, wenn sie sich auf das Bewußtseyn der Rechtschaffenheit gründet. Aber wir sind begierig zu wissen.

Christoph.

O, verzeihen sie. Ja, was wollt' ich denn sagen. — Ein tolleres unsinnigers Unternehmen von einer solchen Frau können sie sich gar nicht vorstellen. — Der alte Herr ist — (sich umsehend) doch da kommen sie ja schon. Sie werdens ihnen am besten sagen können.

Fünfter Auftritt.

Die Vorigen. Herr Sternfeld und Herr West.

Caroline.

Himmel, mein Robert. (beyde sich entgegen fliegend)

Robert.

Theuerste Caroline! (er bedeckt ihre Hand mit Küssen)

Caroline.

Sind sie in Sicherheit, sind sie gerettet?

Robert.

Ja, meine Theuerste, wir haben nichts weiter zu befürchten. — Ein heisser schrecklicher Tag, aber er ist wieder kühl geworden. Du hast wohl viel für mich gelitten?

Caroline.

Ja, liebster Robert, das hab' ich, aber ihr Anblick giebt mir die Ruhe wieder.

Ro=

Robert.

Die Angst, die ich heute gelitten, würde nicht halb so schmerzhaft gewesen seyn, wenn sie nicht durch den Gedanken an ihre Leiden vermehrt worden wäre. Ein menschliches Geschöpf, sich allein überlassen, von keinem Menschen beweint, empfindet die Quaal nicht halb, die ich empfunden habe, da ich wußte, daß das edelste Geschöpf an meinem Schicksal Antheil nahm.

Caroline.

Ihr Geständniß, ihre Ueberzeugung von der Gesinnung meines Herzens macht mich stolz. —

Julie.

Aber vor allen Dingen, Herr Sternfeld, erklären sie uns doch, wie es mit dem Tode ihres Vaters zugegangen.

Herr West.

Setzen sie sich, Herr Sternfeld, ihre Kräfte sind erschöpft! ich will es an ihrer statt thun. Der alte Herr ist keines gewaltsamen Todes gestorben. Nach der Aussage des Bedienten war er schon in vergangener Nacht an einer Krankheit verschieden, die

die ihm schon einige Zeit zugesetzt hatte. Der Arzt des Verstorbenen hat diese Aussage bekräftiget, und bey der Secirung keine Spur einer Gewaltthätigkeit, ausser einem kleinen flachen Einschnitt in die linke Brust wahrgenommen. (Julie, die zuvor mit Robert und Carolinen beschäftiget war, wird bey der Rede des Herrn Wests aufmerksam)

Julie.

Nun, und diese Wunde! (ängstlich)

Herr West.

Die Erfindung dieser gottlosen Frau, sum ihren Stiefsohn des Vatermords verdächtig zu machen, und sich im Fall seiner gerichtlichen Ueberführung seines väterlichen Vermögens zu bemächtigen. Er war schon einige Stunden todt, als sie den Leichnam verwundete.

Caroline.

Entsetzlich!

Julie.

(spricht jetzt so, daß sie Herr West im Gesicht hat) Welche Raserey, welche Blindheit, zu glauben,

ben, daß ihr die Ausführung eines solchen Unternehmens gelingen könnte! —

Herr West.

(für sich) So viel Aehnlichkeit —

Robert.

(steht auf) Sie sahen mich diesen Morgen (zu Julien und Carolinen) als ich abgerufen wurde, und im Begrif war hinzugehen. Als ich hinkam, war er schon todt; und ich habe das Glück nicht wieder gehabt, ihn mit kindlicher Zärtlichkeit zu umarmen. Gott, wenn ich noch an diesen Augenblick denke, mein ganzes Blut erstarrt.

Caroline.

(seufzt) Ach!

Julie.

Gott! ich weiß nicht was in mir vorgeht!

Robert.

(nach einer kurzen Pause, worinn er sich von seiner Betrübniß erholt) Sie haben noch nicht alles gesagt, großmüthiger Freund! daß mein Vater kurz vor seinem Ende seinen Irrthum erkannt, die

Ränke

Ränke seines boshaften Weibes eingesehen, und sich wieder mit mir auszusöhnen gewünscht hat. Johann hatte den Auftrag, mich zu ihm zu rufen, aber meine Stiefmutter verhinderte ihn an der Ausrichtung.

Julie.

Unmenschliches Weib!

Robert.

(zu Herr West, der auf Julien aufmerksam war) Sie haben den Anfang zu meiner Errettung gemacht, indem sie die Unbescholtenheit meiner Sitten und Lebensart anführten, und sich zur Erlegung einer ansehnlichen Summe für meine Loßlassung erboten. Und ich würde ihnen meine Befreyung ganz zu verdanken haben, wenn Johanns Entdeckung und die Flucht meiner Stiefmutter der Sache nicht zu meinem Vortheil den Ausschlag gegeben hätte.

Herr West.

Sie legen den kleinen Dienst, den ich ihnen so, wie jeder andere, der Anspruch auf den Titel der Menschlichkeit machen will, zu leisten verbunden war, einen zu grossen Werth bey. Das, was ich zu

ihrer

ihrer Vertheidigung anführen konnte, wäre dazu nicht hinreichend gewesen. Aber — erlauben sie mir, daß ich mich jetzt wieder von ihnen beurlauben darf.

Robert.

Wie, sie wollen schon von uns — Nein, sie müssen —

Herr West.

(gerührt) Süßere Pflichten rufen mich von hier weg. Mein armes zärtliches Weib, das mich seit mehr als sechs Jahren nicht gesehen hat, wenn sie nicht ein Raub des Grams geworden ist. (Julie ihn aufmerksam betrachtend)

Robert.

Wie? — aber darf ich nicht zuvor den Namen und Stab desjenigen wissen, der sich so edelmüthig eines unbekannten Unglücklichen angenommen hat.

Herr West.

Ich bin ein Kaufmann, mein Aufenthalt ist Dresden. Widrige Umstände nöthigten mich, eine weite Reise zu thun. Ich heisse —

Julie.

(die ihn bisher immer aufmerksamer ange­sehen hatte) Ja, er ists, er ists. Ja, du bist mein Mann, du bist mein West. Julie lebt, deine Julie bin ich. Gott! (sie fällt ihm in die Arme)

Herr West.

Gott! — du meine Julie! — (sie an­schauend) Ja du bists, du bists.

Robert.

Ists möglich!

Caroline.

Ich bin auffer mir! — Julie!

Julie.

Ach, ich kann nicht, ich kann nicht, in ihm, in meinen West verlieren sich alle meine Gedanken. Theurer, liebster Gemahl! — Dich wieder in meinen Armen, dich wieder an meiner Brust! (sich aus seinen Armen aufrichtend) Dank dir, war­mer brennender Dank dir, Versorger der Armen. Du giebst mir ihn wieder! Dank dir in diesen Thrä­nen. (freudig weinend)

Herr West.

(pause) Laß mich noch einmal auf deinem

Gesichte in deinen Augen lesen. Ja! meine Ahnungen betrogen mein Herz nicht. Aber diese Traurigkeit in deinen Mienen, wo sonst Heiterkeit und Freude wohnte, diese Kleidung hintergiengen meine Blicke. — Gott, mein theures Weib, was mußt du gelitten haben? Wie bist du so verstellt von Gram? Wie kommst du hieher?

Julie.

Ich will dir alles sagen, mein Liebster, alles. Jetzt nur dies, daß ich dich für todt hielt, daß ich ein trauriges kummervolles Leben geführt, — aber meine vorige Jugend wird nun wieder kommen. Und an der Erfüllung meines Glücks wird mir nun nichts mehr mangeln, da du meine Freundin wieder glücklich gemacht hast.

Herr West.

Auch ich will dir sagen, wie viel ich für dich gelitten. Jetzt nur den beträchtlichsten Theil meines Schicksals, daß mir meine Mühseligken und Gefahren reichlich belohnet worden.

Caroline.

Julie, beste zärtlichste Freundin, und sie, edler, rechtschafner Mann meiner Julie, was soll ich ihnen sagen, ich finde kein Wort für meine Freude.

Robert.

Und ich, — wie soll ich ihnen beyden lebhaft genug für ihre Güte danken. Ihr Glück macht mich stumm.

Julie.

Ja, bester Robert, wir sind glücklich — Aber sie und Caroline müssen es auch seyn.

Caroline.

Ach! Julie, ich habe auf die Hofnung eines bessern Glücks auf immer Verzicht gethan. Aber Dank sey dem Himmel, er hat mir eine Seele gegeben, die sich nie aus den Grenzen meines Schicksals erhebt, und die ihr Glück in der Zufriedenheit mit ihrem Zustande, und in dem Glück meiner Freunde findet.

Julie.

Was willst du damit sagen? Herr Sternfeld, hören sie.

Caroline.

Ich weiß nur allzuwohl, wie ungleich jetzt unsere Umstände sind. Ich würde die Hofnung einer Verbindung mit Herrn Sternfeld nie in mir genähret haben, wenn ich sein gegenwärtiges Glück vorausgesehen hätte. (zu Robert) Sie müssen sich jetzt in eine ihren Glücksumständen angemeßnere Verbindnng —

Robert.

Womit hab' ich es verdient, meine Theuerste, daß sie meinem Herzen so wenig Gerechtigkeit wiederfahren lassen? Noch ehe ich wußte, was mir für ein Unglück bevorstand, schon in meinen glücklichen Tagen bot ich ihnen meine Hand an. Nein, beym Himmel, nein, Caroline, wenn ich in meiner jetzigen Verlegenheit, bey dem Tode meines Vaters an eine Veränderung denken darf, so beschwöre ich sie, bestätigen sie mir eine Hofnung, von der mein ganzes Glück abhängt. Und wo kann ich ein Herz finden, das dem ihrigen gleich wäre? Sie machten den armen Robert einst Hofnung zu ihrem Besitz, versprechen sie jetzt ihre Hand auch dem reichen. Unglücklich machte mich die Armuth nicht, und der Besitz meines väterlichen Vermögens macht mich jetzt nicht glücklich. Mein ganzes Glück erwarte ich von ihnen; und ich würde unglücklich seyn, wenn sie mir den Besitz ihres Herzens versagten, den ich höher als alles in der Welt schätze.

Herr West.

Brav, mein lieber Freund, brav, dieses Geständniß erwartete ich aus ihrem Munde; es macht ihrer Denkungsart Ehre. Ju-

Julie.

Nun, Caroline, was sagst du? Du wirst doch wohl nun am Ende keine Umstände machen, da du vom Anfange an so bereitwillig gewesen bist.

Caroline.

(sie und Robert eilen sich in die Arme) Robert, edler rechtschafner Robert!

Julie.

Nun, das laß ich gelten.

Robert.

Theureste Caroline, sie machen mich zum glücklichsten Menschen, und nichts ist mehr übrig, was uns im Besitz unsers Glücks stören könnte. — Aber eins beding' ich mir aus.

Caroline.

Und das wäre?

Robert.

Daß sie mit mir diesen Ort verlassen, der uns nur allzuoft an die traurigsten Begebenheiten unsers Lebens erinnern muß. Hier kann ich nicht bleiben. Es soll von ihnen abhängen, einen Ort zu unserm künftigen Aufenthalt zu wählen.

Herr West.

Wissen sie was; reisen sie mit uns nach Dresden. Wir besorgen erst die Beerdigung ihres Vaters,

ters, verkaufen ihr Haus, und reisen sodann ab und wohnen zusammen. Eine öffentliche Bedienung brauchen sie so wenig als ich, wir können von unsern Einkünften leben, und so, hoff ich, wollen wir ganz glücklich seyn.

Julie.

Ja, Caroline, das mußt du. Wir haben unsre traurigen Tage miteinander verlebt, und wir sollten uns in unsern glücklichen trennen? Nein, das dürfen wir nicht.

Caroline.

Kannst du glauben, daß ich einen andern Wunsch habe? Dich sollt ich verlassen? Nein; da mir mein Geliebter die Wahl unsers künftigen Aufenthalts überlassen hat, so weiß ich keinen reizendern Ort dazu, als den, wo du wohnst. (zu Herrn Sternfeld) darf ich die Bestätigung dieser Wahl von ihnen hoffen?

Robert.

O! von ganzen Herzen. Kommen sie, lassen sie uns eilen, alles in Ordnung zu bringen.

Sechster Auftritt.

Die Vorigen. Christoph und Hannchen.

Hannchen.

Dem Himmel sey Dank, Herr Sternfeld, sie sind gerettet!

Julie.

Ja, Hannchen, wir sind alle glücklich. (sie bey der Hand ergreifend) Auch mir muß sie Glück wünschen. Das ist mein Mann.

Herr West.

(auf Julien zeigend, zu Christoph) Hier Christoph, das ist meine Frau.

Christoph.

(erstaunt) Das ihre Frau? O ich bin ganz für Freuden ausser mir. Was doch in aller Welt die Dinge manchmal so wunderlich kommen können. Ich hätte mich eher des Himmels Einfall versehen?

Hannchen.

Der sonderbarste Zufall, den ich je erlebt habe. O ich bin so voll Vergnügen —

Julie.

Herr Sternfeld, Hannchen ist ein gutes Mädchen, sie ist ihnen jederzeit sehr ergeben gewesen. Wir müssen sie bey uns behalten. Nicht wahr? Nun
Hann-

Hannchen, suche sie sich unter uns beyden ihre künftige Herrschaft aus.

Herr Sternfeld.

Wie können sie hoffen, daß ich sie von mir lassen werde. Hannchen, sie wird sich an mein Versprechen von diesen Morgen erinnern. (auf Carolinen zeigend) Hier, das soll ihre Frau seyn!

Caroline.

Ist sie zufrieden, Hannchen?

Hannchen.

O, wie können sie daran zweifeln. So zufrieden, als sie sämtlich über ihr eigenes Glück seyn können.

Herr West.

Nun Wohlan, kommen sie, meine Freundin, Herr Sternfeld, Julie, kommen sie, lassen sie uns unsere Geschäfte vollenden, und das Glück nicht verzögern, das uns Freundschaft und Liebe bereiten.